박지현 제4시집

소금밭에서

국립중앙도서관 출판시도서목록(CIP)

소금밭에서 : 박지현 제4시집 / 지은이: 박지현. -- 서울 : 한누리
미디어, 2013
 p. ;   cm

ISBN 978-89-7969-449-9 03810 : ₩8000

한국 현대시[韓國 現代詩]

811.7-KDC5
895.715-DDC21   CIP2013001555

박지헌 제4시집

소금밭에서

한누리미디어

서문

이번에 장고 끝에 제4시집《소금밭에서》를 출간하게 되었다. 지난 5년 동안 시를 묵상하고 다듬으며 더욱 시를 사랑하고 애정을 갖게 되었다. 그 중《소금밭에서》는 내가 가장 아끼고 사랑하며 천착했던 시이다.

소금은 음식의 맛을 내는 데 너무나 중요한 재료이다. 또 사람에게도 빛과 소금이 되라는 말씀도 있다. 소금은 본래 그 맛이 짠 것이 특징이다. 그것이 소금의 정체성이다. 짠 것은 그의 운명이기도 하다. 여기에서 착안하여 이 시를 쓰게 되었다. 그의 삶은 맑거나 흐리거나 번개 폭풍 사이 사이에서 누벼 연명해 왔고 여러 해 긴 세월 찌들어 왔다. 그 몸뚱이가 넓은 세상으로 팔려 나가며 희고 굵은 나날을 메꿔 나간 것에서 한없는 연민을 느꼈다. 그 몸에선 거센 바다 파도 자국이 아직도 넘쳐 거세게 차오르는 힘을 발견했다.

시란 발견이다. 소금밭에서 소금 같은 인생을 바라보았고 이 삶이 아름다움임을 발견했다. 삶의 진정한 힘을 가슴 깊이 느꼈다. 이 한 편의 시는 이렇게 탄생했다. 소금을 인생에 메타포(은유)했고 이미지화 시켰으며 강한 풍자와 메시지를 담았다.

시는 결코 먼 데나 고상한 말재주에 있는 것이 아니요, 진실한 몸가짐과 눈부신 생명에의 참다운 사랑과 외경의 마음가짐에서 비로소 빛나는 탄생을 보는 것이라는 생각에 공감한다. 작가는 '언어'에게 생명을 부여하여 그 언어로 하여금 자연의 궁극적인 살아 있는 진선미의 가치를 캐내는 시적 작업을 부단히 해야 함을 깨닫는다. 의미

있는 시의 콘텐츠는 독자에게 다양하며 오묘한 사고의 전개를 일깨우는 데서 값지다고 본다.

영국 시인 T. E. 흄(1885~1917)은 "시의 언어는 시각적, 구체적인 언어이고, 감각을 깡그리 그대로 전하려고 하는 직각이다. 시에 있어서의 이미지는 단순한 장식이 아닌 직각적인 언어의 정수다"라고 주장했다.

멕시코의 시인 옥타비오 파스는 "시인은 언어에 봉사하는 자"라고 했다.

언어의 존재를 확연하게 드러내 주고 언어의 기능을 제자리로 돌려놓는 사람이라는 뜻이다. 나는 다양한 제재 속에서 고식적이고 유형화된 때 묻은 소재를 되풀이하는 에너지 소모의 헛수고는 하지 않을 것이다. 이미지가 감동적이어서 성공하는 작품을 쓰고 싶다. 시는 감동이 메시지다. 내 시 한 편 한 편이 독자에게 감동을 주는 시를 쓰고자 소망한다.

일본 기하라 코이치(1922~) 시인은 "시는 감동에서 시작하여 감동으로 끝난다"라고 했다.

앞으로 한 단계 발전하여 이미지와 풍자가 넘치는 아름다운 서정시를 맑은 샘물에서 지속적으로 길어 올리는 생애가 되고자 한다.

2013년 4월

지은이 **박 지 현**

차례 Contents

 일기예보

무지개

차례 Contents

3 은행나무 아래서

마늘밭에서

 빈 집에서

 그대 이름은 백제

1부

일기예보

2월 강가에서

내게 오는 것은 모두
언어마다 무게와 깊이 넓이를 두고 온다네
봄날이 온기로 살갑게 흘러가기 전
해마다 두껍게 찾아오는 몸살 아닌 몸살
더불어 사는 새들의 합창
벌레들의 발 빠른 움직임도
그냥 떠밀려 온 것은 하나도 없었지
빙어축제 때 쓰인 얼음 바다 그 언저리
눈 고개 썰매타기로 볼 붉어진 아이들 함성
불꽃 피우며 녹인 손바닥에 새긴 깃발
오감 열리며 쏟아지는 거대한 산 빛 강물 빛
거기 그림자 하나 서서 빈틈없이 듣고 있구나
12월 1월이 함께 몸푸는 소리
강 밑바닥 근근이 사는 생물들 숨통 트며 트럼펫 부는 소리
이 밤도 3월 다치지 않게 온몸으로 준비하는가 그대는

소금밭에서

나의 본디 얼굴은 사나 죽으나 짠맛 흥건하게 넘쳐 흘러
떠들썩하니 순수 결정 '트레이드 마크' 높다라니 내다걸고
맑거나 흐리거나 번개 폭풍 사이사이 누벼 연명해 왔구나
그래, 호칭도 가지가지 붙여주어 별명도 살아 꿈틀거리기도 했어
암, 그렇지 태어나기 전부터 짠내에 절어 녹여낸 시공 속에서
처음 태어난 날짜부터 그것은 운명이었고
여러 날 여러 해 긴 세월 찌든 것 당신은 아는가
잘난 이들도 감히 나 없인 시시분분도 살아갈 수 없소이다
내 몸뚱이 넓은 세상으로 팔려 나가며 희고 굵은 나날 메꿔
내게 보여지는 구름 한 장 산맥 한 줄기도 큰 힘이었다네
반짝 이벤트로 빛바랜 투정도 받아 주었으니
아니다 아냐, 목디스크 허리 관절까지 뻐근했으니
간수로 녹아 흘러넘쳐 응어리지면 단단한 뼈마디로 번쩍 번쩍 빛나니
애들아, 나는 산모퉁이 기다라니 돌아가는 강줄기가 아니란다
비록 오늘은 저 큰 하늘 아래 꽁꽁 묶여 갇힌 몸이지만, 알겠느냐
너희들은 몰라도 내 몸에선 거센 바다 파도 자국 아직도 넘쳐, 넘쳐
배 밑창부터 불타 거세게 차오르는 건 힘, 힘이야, 힘.

간이역에서

사람들 눈 밖에 나버렸구나
어느 날 흔적도 남기지 않고
동화 속으로 소설책으로 밀려났느냐
너로 인해 받았던 것은 슬픔이런가
핑크빛 회색빛 뒤섞여 온통 빈 하늘 적시고
어린 날 언니와 자주 오르내린 기찻길 여행
봄날 울렁거렸던 유채꽃이랑 연산홍으로 귓속도 부풀고
여름날 가족들과 첨벙대던 물놀이 기다린 시간들
가을날에는 떠나간 연인의 눈물로 구멍 뚫린 낙엽
흰눈 쌓인 산등성이 틈새로 역사는 얼고 녹고
네 이름자 새긴 철길 정거장 대합실마다
아직도 그 날의 기적 소리 울리는지

악기에게

온통 구멍 뚫린 내 몸뚱아리
무엇으로든 채우려 발 동동 구르고
바람 들어와 잠시 머뭇거리다 빠져 나가고
햇살도 이따금 찾아와 문자 보내기도 하지
요즘은 카트리나도 요동치고 베트남 열대야도
문 두드리고 돌아가네
남극이 엘리뇨 현상으로 헐떡이고
폭설로 가득 채워져 눈 돌리며
폭풍 전야 때도 거칠게 준비하지
잔잔해진 바다 기다리다 지쳐 깊은 잠 속에 빠져들면
소리내는 게 내 일상이라고 녹아 없어져야 살아난다고
담금질도 환영하는 땅속에서 솟아나는 신바람난 작업

겨울 산맥

작은 목소리 내기 위해 눈밭 얼음 구덩이 속에서도
간신히 살아남은 겨울 산맥이여, 이제 큰소리쳐도 된다
거기 나도 끈질긴 하나의 거문고 악기줄 되어 연주하고 있어
지금은 잠잠하게 그대 보고 껄껄 웃기도 하지 탈춤 추면서
얼음 구덩이에서 갈비뼈 하나하나 조립되는 긴 시간 뒤
찬서리 궂은비 한 몸에 받는 것쯤은 식은죽 먹기
고속도로 닦을 때 저만큼 한 발짝 비켜서서
제 살 깎이는 아픔 참고 또 참지 않았느냐
덕분에 잘 사는 녀석들은 따로 기름진 배 두들기고 있지만
한 귀퉁이서 숨차게 간신히 비집고 살아나온 풀잎 한 장
그 위의 신선한 벌레 꿈틀대는 소리 듣길 간절히 원해
그 소리 몽땅 끌어안고 앉아 있는 산맥, 산맥 뜬다

일기예보

오늘 내 마음의 일기예보는

흐린 뒤 추적추적한 비

뭉게구름 비구름 소낙비 구름 관현악단 이루며

서툰 악기줄 앞뒤에서 툭툭 건드리네

구름에 대한 명상곡 한 줄 뽑고

바람에 대한 이미지가 퍼뜩 떠올라 숨 죽이며

하늘 리듬 타니 걸작품 그림 되고

이슬 눈 얼음에 대한 일기 주르륵 써나가니

낙엽 한 장 떨어지는 것

얼음 속 빙어 살아 퍼득이는 것

새들 날갯짓하며 비행기 따라붙는 힘도

당신 간섭 없인 한 발짝도 못 가는 자연의 법칙

어느덧 회색빛에서 맑음 헹궈낸 기지개 켜는 빈 하늘이네

육거리 시장에서

이따금씩 구름 한두 장 얹혀 와
회오리바람 들썩거리네
육해공군 뒤섞여 햇살 껴안고 살아가는 비좁은 골목길엔
제 아이새끼들 눈에 밟혀 귓속만 푸득푸득 부어 오르고
한 귀퉁이 헐렁해진 치마폭에다 나이 깁는 것은 누군가
마디 굵은 손으로 썬 손두부랑 막국수 가닥에 김 솔솔 오르고
집에서 기른 콩나물 물뿌리개질로 하루하루 연명해 가는
주름진 네 손등 꺾여 욱신대는 굽은 허리 등이여
날마다 오는 게 아니라며 손짓 발짓하는 닭살 돋구는 푸줏간
불황에도 얼굴 표정 안 바뀌고 루미나리에 축제 빛들의 나들이
오늘 따라 걸걸한 시장터에서 인정 한 줌 수놓네
황소개구리 몰아내자 발붙이지 못하게 우리 하루살이

가을 편지

누가 두 손 탁탁 털고 달려오는가
하늘에서 가을 편지 훌렁훌렁 꽂혀 내려왔지
바지런히 논 갈아 이모작할 때면
어김없이 누워 죽는 대파들 행진곡
볏짚은 산촌 전원마을 지붕으로 다시 태어나
올핸 검정 비닐로 패인 상처 덧씌우네
속옷 속으로 스며드는 큰바람
빛바랜 원피스 처녀 시절 기억해 내는데
변신하는 그대 중년 언어로 짜릿한 말 건져 올리네
당신 위해 소리 지를 때 노래 한 줌 통하는 지름길
성큼 몰라보게 키 큰 옥수숫대 깻잎 대 옆으로 누워서
울타리로 가뭄 타던 날 한 통의 설레는 붓글씨 되어
상큼한 바람 일렁이는 농익은 사과나무결 사과 껍질이고 싶었어

가로수야

낮잠 자다가 두 눈 부릅뜬 건 누구더냐
길 건너는 마디마다 굵어진 근육 그대 가로수
지붕개량도 몇 차례 현대식으로 퍼머도 했구나
유행 따라 염색과 브릿지도 구별해 넣었어
나중엔 숏커트 셋팅 퍼머 촌스런 아줌마 퍼머로
땅심 축축하게 살아있으니 외면당해도 좋아
늦가을엔 싹뚝싹뚝 잘려가는 너 찬 바람아
가끔 심한 몸살치레도 피하지 못하는구나
낡은 다리 밑동 과적 차량에 번쩍 소리지르며 뛰어들면
폭염 강풍 한파까지 거들어도 이름값 톡톡히 하는
당신이 붙여주신 이름 석 자 가로수
기다려다오 나무와 안개 구름까지 두 손 들며 되받아쳐도
또 다시 솟구쳐 날아갈 저기 땅 시퍼렇게 살아갈 거야

들에서

서리 한 점 늦은 비 녹은 눈 속에서도 숨통 트이느냐
숙성된 땅 언덕에서 구석구석 따끈히 보낸 계절풍
네 손끝 발끝까지 온통 뒤엉켜 때 안 놓치고 심길 대로 심겨졌지
억척스런 눈짓 발길질로 트랙터로
흙더미도 때론 거품 되고 싶지 않았거든
짝 없는 나무도 밟힌 잡초도 함께 묶이면 제 갈 길 알아차리네
그래 내 본향은 들
들로써 잎 줄기 세우고 서툰 살림 내주며 뿌리 터 잡히걸랑
우렁이 골뱅이마저 논농사 밭두둑 즐겨 찾는
지구촌 이 끝에서 저 끝까지 줄다리기하자꾸나
그대 부르며 찾아 떠나는 식도마저 길쭉이 늘어난 자리
갈참나무 한 그루 등 뒤 바짝 대면
음악 대안학교 국제학교로 옮겨지고
누구든 날아와 그대와 더불어 갖가지 화음 이루는 커다란 꿈, 꿈
숲속의 모든 것 저마다 좋은 악기 되어
두드리는 대로 걸쭉한 건더기 되네

사과 과수원

불붙은 소녀들의 황금빛 날개
동화 속 소년의 생기발랄한 춤
늦잠자다 멈칫 선 갈대숲이었네
시집가기 전 신부의 단장한 가슴
아니 줄기 밑동 몸체가 하나 되어
강물 거쳐 바다로 가기 직전인가
산모퉁이 돌아가며
무언가 어김없이 따내는 꽃바구니

밥

밥알 아물거리며 울컥 울리는 울림
어머니는 나의 손이었다
80번 손이 가야 밥 한 술 입에 들어간다는 소문
통일벼 일반벼로 탄생하고
때가 되니 흑미벼로 노래부르며 튀어나오네
그 속엔 우렁이마저 두 다리 쭉 뻗고 잔치 벌이고
살아있음을 알리며 툭툭 건드리네
벼 속 깊이 응어리진 포기마다 퍼져 나오는 긴 노래
주름살 펴가는 은행잎도 짧은 작별 인사하고
향기 그득한 콩알 은행알 쏟아 내놓을 때
따스한 식탁 눈물 담는 항아리
오장육부 후끈해지는 아침바다 산책길
풍어 한 마당 잔치로 뉴알 벌개진 항구더라

포도밭에서

내 삶은 당신이 손수 만든 포도밭에서
알알이 영근 포도알 뚝뚝 따먹으며
함박웃음 빗살 뚫고 퍼져 나가는 여정
향취 진동하는 여름 날에나
오래 숙성된 맛 짜내던 겨울 뜨락
너는 곱상하고 화창한 봄날 푸르른 울림
네 집은 오동나무 장롱 안 익어가던 건포도
시의 창문 열어제치며 까르르 웃음 폭발한 여운
영감 솟아나는 나무들 뒤로 비껴선 골짜기 산의 맥박
잠든 동산 흔들어 깨우는 가지 잎새들의 그 진한 넋두리

바다

조국의 산맥 강줄기 바다 너머

오대양 육대주 구석구석 명소가 박혀 있어

곳곳 누비고픈 꿈 하나 있었어

실제 발은 그 땅 디디기 힘들어도

내 인생 한 달만 남아 있다면

가족과 나눌 마지막 이야기

하루를 선물로 받고는 큰 눈망울 굴리며

허브랜드 향기 안 나도

침묵 속 더 다가드는 빛된 말씀 하나

이보다 더 실한 삶은 없었네

4월 소묘

겨울인지 봄인지 알 수 없는 나날
봄 못 느끼는 우렁이떼
먹이도 안 먹고 자라지도 못하더니
천안함 사태 고 46명 영령들 고이 잠들라
백령도 물살이 운다
4월말 겨울 풍경 속
봄기운은 다시 찾아올 것인가
분향과 추모 열기
유족들의 통곡 소리 뒤로
소리 안 내고 속울음 울었다
그러나 다시 살아나는 꿈을 꾸었네
올 4월은 경이로움이 넝쿨째 구른다

새집

작은 교회 십자가 기둥 타고
집 나간 제비들 터 잡고 자기 집 짓고 살아가네
새끼 밥 날라 주는 분주한 일상
아파트 전세 값 껑충 뛰어
청주 서민들 애타는 심정도 아랑곳 않고
미분양으로 가슴앓이 하는 이 땅에서
사글세 한 칸 얻어 근근이 살았지
외출했다 수시로 들어와 쉬는 운수 좋은 날도 있었지
예배당 안에서 들리는 말씀 듣고 예배도 보니
천국이 따로 없었지
참새 비유가 나올 땐 어깨가 우쭐대었고
기도도 배워 말 더듬으며 살아가더라

2부

무지개

못 생긴 나무가 산 지킨다

너의 모든 장애를 기회로 만들었구나
반짝반짝 빛나는 별 하나가 절실하구나
송학 위 달 하나 수놓고 밑동부터 싹 나게 하느냐
밤 깊고 어둠 진해질 때
비로소 제 이름값 하는구나
쓸 만한 나무부터 베어가도 배 하나도 안 아픈 흙무더기
산을 산답게 하며 나무를 나무 되게 하네
자다가 깨서 잠결에도 노래란 노래 모두 찾아 부르네
사시사철 뿜어내는 언어 몇 마디로도
배 타고 대서양 횡단하는 것
비행기 타고 우주 한 바퀴 여행하는 것
내가 아닌 내 안에 당신으로 사는 것

5월 바다에서

서해는 마음 추스르고 무엇을 조용히 꿈꾸나
잠 덜 깬 바닷고기들 주섬주섬 옷 갈아입는 소리
성급한 아이들 등살에 먼저 찾은 모래사장에서
계절 벗겨내는 허울 좋은 조개들 뒤뚱대고
설익은 횟집마다 타오르는 이색적인 초청장
시인은 말이 필요 없었네
끝없는 수평선이 안겨 주는 메시지
밀물 따라 밀려 온 내 생애 빛나는 날
창 밖 햇살은 아까부터 파도 물결 잡아채 지휘하고
썰물은 오늘도 5월과 6월 사이 저울질하며
낚아채는 그대 앞에 무릎 꿇고 찾아다녔다네

무지개

콩밭에 서리태콩 심어 보고 배추밭에 배추씨 뿌려 보았지
기계로 벼농사 밭농사 이모작도 해 보았어
탈곡하는 뒷태 그을린 손때
밭두렁 논두렁 작은 생물 신음 소리에도 귀기울이던 하늘
한국 넘어 미국 땅 러시아 땅 남아프리카 땅에도
민들레씨 날아가 심기고 나고 거두는 어김없는 순리
그 날 청천면 후평리 잣나무 뿌리 한 그루 뽑혀 나갔지
외쳐댄 하늘가 가없는 기다림
먹구름 속 무지개 빛깔 하나 걸러내더니
나 찾아 떠난 머나먼 여행길
그랜드캐년 다닌 낙타도 수개월 쉬며 가며 이르른 땅
이제는 돌아갈 수 없는 갯벌
소금기 걷힌 오후 느닷없이 날아든 유감 없는 메시지

모과나무

나의 삶에 햇빛과 그늘 공존했을 때
그 사이 사이 가르고 신실한 약속 되어
씨앗 알갱이 줄기와 잎새 가지로 굵어져 번져 나갔네
가장 걸맞는 향기와 모양 빛깔과 영양까지 허락하시고
누굴 위해 살아가야 생명의 울창한 숲 이루게 될 줄도 아셨지
타는 목마름으로 심한 갈증에 고비사막 뒹굴던 양 한 마리
당신은 두텁게 쌓인 장벽도 한 방으로 허물어뜨리고
있는 모습 그대로 얼룩지고 배고픔 투성이인 날 향해 손 내미셨지
그 이후 애벌레 나비로 변신
썩을 대로 썩은 몸 새살 돋는 아침
풀빛 사랑 알고 깨닫게 해 주신 그 날
곁에 붙어 상수리 큰 나무 뿌리 뽑히기까지
당신 주소 몰라 동동거리다 못 부친 수많은 편지

봄의 군단

그대 가슴은 이미 분출하는 봄
차가운 대지 긴 터널 동굴 속에서도
목숨 틔우는 일
길 되고 험한 산 높은 고개 다듬어가네
마른 가지마다 우렁차게 밀어 넣는 에너지
향기로운 연초록 변신하는 행렬
채우며 적시면 비워진 자리만큼 몰려든 파도
해산한 산모 막바지에 터져 나온 탄생의 긴 떨림이네
작은 것에 구색 맞춰가는 텃밭 사이로
그대는 볼 붉게 살아 나오고

청설모

그대들은 위로 쭉쭉 뻗는 청솔가지
유채 너울대던 고갯길 너머
네 이름자 눈길 안 주던 소나무 은행나무 속 감추어져 있구나
재잘대던 등하굣길 뒷동산 봄꽃 박자 맞춰
졸다 아침 산책하다 초록빛 적시며 나오면
아직도 지구 한 켠 내 편히 쉴 곳 남아 있어
빡빡한 수업에 지쳐 한 모금 물로 변하였지
같이 오르고 싶은 산마루에서
오랜만에 굴곡진 시의 창문 긴 하품 흘리며 서서히 열렸네

7월에

이 세상을 가만히 들여다보면
구석구석 신비하고 재미난 일로 가득하네
살아있다는 사실만으로도 벅차 오르는
어릴 적 뛰놀던 강 언덕하며 들길 숲길
애완견까지 패션 옷 입으며
한 몫 하는 바람 한 줌까지
장맛비와 함께 7월 산 속 여행했지
짙푸른 초록 물결 바람에 몸 흔들어 떨며
나도 흔들리면서 비 맞으면서 큰다고
산 속 한 귀퉁이에서 제 자리 버티느라
고개 숙인 너 아버지 형상 빚어가는
아 그대 발산되는 향이여 꽃이여 바람이여

여행 노래

시적 영감의 원초적 산실 생각의 산파

무한한 상상력의 실타래

보이는 것과 떠오르는 생각 사이에 모여든

기기묘묘한 삼각관계

작은 생각은 작은 풍경 요구하고

새로운 생각은 새 장소와 시간을 요구하네

그대 도움 받으며 술술 진행되어 나가는 거리

가지 않은 길 성큼성큼 다가서 보는 짜릿함

강물 너머 바다 뒤지다 부닥친 전율

길동무 말동무 삼는 풍경도 가지각색

하늘 길 땅의 길 열려 주변 나라 동식물도 환호하는

동서 연결하는 고속도로는 실핏줄

순간 포착되어 금맥 붙잡는 오 다시 살아나는 감수성이여

줄줄이 쾌청한 날 빨랫줄로 걸려드는 시편들이여

지도 속으로 밖으로 튀어나오는 갯벌 소금밭의 전주곡

꽃샘추위

사람들은 나를 꽃샘추위라 부르네
이름표 달고 거리 누비니 제 몸 추스르는 가지들 잎새들
봄의 둥지 포근히 만들어 주려 하느냐
굵은 줄기 고난의 숲으로 몰아부치네
봄의 꽃샘추위 사라지면 고요 몰고 가리라
기억조차 잊어버린 계절 심하게 홍역 치른 병마
냉이국 쑥국 달래무침으로 이미 가 버린 입맛 찾으려 허둥대지만
이 기운 버티면 살짝 다가올 명작 있어
한 편 동화로 순수 소설로 재생되리라
때때로 편지 뭉치로 발견되는 경이로운 수순이여
거름 짚 물기 뿌려 튼실해진 신경세포
무기질 탄수화물 칼슘 되는 조화로운 꽃밭이여
폭풍 몰고 돌아올 천 근 만 근 내 몸뚱아리

꽃집에서

너와 나 뜨거운 흙 나무와 물이구나
사계절 물레방아로 철철 박수치며 돌아가고
예나 지금이나 살구나무 소나무 이팝나무까지 붙드는
이 집 저 집 이 나라 저 그늘진 곳까지 시구 한 구절 위해
화분 속 작은 순으로 만났을 때 잉태하였지
한 날 마른 잎으로 엮이고 싶지 않았어
풀숲 꽃마당 나무숲으로 수목원 이루어 뛰어 오를 때
작은 귀 쫑긋 세워주는 한 싹 발견했지
넘나드는 향기들 퍼짐 속
제 이름 제 자식으로 불려지는 공간
내가 죽으면 살아나는 커다란 흔들림 속
벼랑끝 한 줌 흙과 물로 연명하는 그 신비한 빛

씨감자에게

네가 씨감자로 태어나 운명 탓하지 않으며
고산지대 차디차게 너끈히 적응하며
이모작 비료 절약 기후 영향 적게 받더라
바이러스 없는 네 이름
향기 잃은 북한 땅 수경재배 통한 씨감자로 거듭났네
물고기 주는 것보다 물고기 잡는 법 가르친 산천
대추만한 한 알의 씨감자 만드는데 허리 팔 다리 시큰둥하고
멸균복 저온 저장실 고온 수경재배실 속 녹아서 나온
그대 빛나는 생명이여
몇백 배 증식되어 개마고원 함흥 북한 전역에 심겨다오
다닥다닥 붙어 있는 좁쌀만한 소금단지여

감자꽃

감자꽃은 북한에서도 일등공신이었네
굶주린 사자나 토끼 다람쥐
길가 배꼽 내놓고 수다 떨며 낮잠 자도
씨감자 퍼뜨린 뿌리 있어 오묘하게 번져가네
남한에도 북한에도 널려있는 감자꽃
이름값도 몸값도 오른 요즘 경기에 한 몫 하지
하늘과 땅이 만나는 지평선까지
벌판 가득 감자꽃이 흐드러지게 피었네
송이송이 함박눈 산등성이 아래 가득 내려 쌓여
파란 이파리 푸른 방풍림을 배경으로 핀 네 모습
등불인 양 환하네
봄바람 살짝 건드려도 일제히 찰랑 돌아서며 착지하네
평양대교 대동강 건너 두루섬 가는 길
압록강은 졸음 참지 못하고 긴 너스레를 떤다
통일꽃은 언제 활짝 필까 그대 만날 것 기약하고 있는가

가뭄 뒤 구름 한 장

광야 밭길 논둑 가장자리부터
태양도 뿔이 나 작열하는 여름날
거북등 갈라져 타들어가는 구멍 끝
날벌레 풀벌레도 살아남기 위한 경쟁
잡풀은 눈 크게 뜨고 결별 선언했다
옆의 산수유나무 밤나무도 거들면서
땡볕 속 회오리치고 있는 만상은 고흐의 명화 삼나무길
목구멍에 잦아드는 저들의 한숨 소리
전투보다 치열한 불꽃 시련
새벽녘 강한 바람 타고 들어오는 분만의 아침
비는 반드시 온다고 손짓하니
중국 고원지대로부터 손짓 발짓하고
구름 한 장의 반가운 사인
잠시 후 큰 소낙비 한 가득 넘쳐난다는 소리소문

연어에게

원죄로 해산의 질고 피할 수 없는 네 이름
새끼 낳아야 하는 별난 운명 거슬러
고인 눈물샘 지니고 고향 떠나는 연어야
차디찬 강물 거슬러 몇백 리 길
수많은 절벽 공중 물 타기도 수백 번
스스로 멍에 매고 죽어야 사는 모험 달게 받는구나
얼마든지 넓고 청정한 물결 가르며
귀족 대접 받으며 고고하게 남아
잡풀 사이 청개구리도 막아주던 피난처 될 수 있었지
알 낳고 제 몸 뒤집어 처연히 숨 몰아쉬던
네 천진한 눈망울이여
한강 텃새 제 둥지 틀면서 태어나는 새끼마다
발걸음 떼어주며 잠들고 있네

내 몸이 하는 말

성년이 되어서야 내 몸이 전달하는 소리를 듣게 되었지
모퉁이 돌면 어릴 적 고구마 토마토 시금치단 실린
시장바구니 든 엄마의 얼굴 살짝 비치고
막걸리 한 잔으로 하루 피로 씻어내는 아버지 청량제
비탈길 내리달으며 자전거놀이 몰입하던 소리
내 하루하루 일에서 언제나 무엇이 가장 필요한지 알려 주고
얼마만큼의 휴식과 운동 사랑의 표현이 급한지 눈치로 알려 주네
몸과 친해지는 동안 허물없이 담은 무너지고
오늘도 아무 탈 없이 숨 고르게 해 주고
곁눈질로도 봄꽃 보게 하니 고마워
피로와 곤핍도 한 방에 날리고
때론 궂은 날씨 뒤 천둥 번개 내리쳐도 반응 못해
그댄 수시로 말 걸어오는 물새들의 전주곡
끝내 말 못할 짐보따리로 툭툭 치며 되돌아온 우체부
그 속에 잠겨 눅눅한 채 누워 뽑아낸 작품 한 편

목마름

나의 삶에 햇빛과 그늘이 공존했을 때
그 사이 가르고 신실한 약속되어
씨앗 알갱이 줄기와 잎새로 번져 나갔네
한 그루 모과나무에 당신은
가장 맞는 향기와 모양 허락하시고
누굴 위해 살아가야
생명의 울창한 숲 이루게 될 줄도 아셨지
타는 목마름으로 심한 갈증에
고비 사막 뒹굴던 양 한 마리
당신은 두텁게 쌓인 장벽도
한 방으로 허물어뜨리고
있는 모습 그대로
얼룩지고 배고픔 투성이인 그를 향해 손 내미셨지

3부

은행나무 아래서

단풍

그것이 당신의 가시밭길 흔적임을 알겠네
이것은 당신의 함박꽃 웃음인 것도 깨달았지
내 몸 사르며 솟아난 불길 속
그대 마음 한없이 비우며 벼랑끝 매달린 첫 울음
이순의 나이 먹어서야 밟히는 언덕에 올라서서
새로운 시작임을 거친 종소리 울려 주네
고요히 물들며 하나 되는 절정의 구름 속
단풍산은 붉디붉은 말없음이다
너와 내가 산맥 벼랑 호수와 바다
뻗어가는 정글 속 앞마당까지 이르면
말씀 희미하게 들린 길
그대는 울림이다 옹골찬 시 한 편이다

아침

날다람쥐 노랑나비 꽃잎 새로 날아가며
오감 열리는 꽃밭에서 깃발 들게 하소서
마디 많아 굵어진 대나무 텅 빈 속 되게 하소서
사계절의 흐름 지구의 자전 공전 받아들이며
앞마당 쏟아지는 별들의 전투 속에서도
별 하나 기어이 따내는 향기로운 풀언덕 되게 하소서
너는 물 댄 동산 목덜미 축여주는 생수
미시시피 콜로라도 강가에서 흘러내리는 폭포수
강빛 타고 사과나무 아래서 양치질하는 뻐꾸기 한 쌍

은행나무 아래서

어느 새 낡아 피부 마사지 받아야 하지만
그래도 쓸모 있다 속삭이는 바람 한 줄기 있어
사춘기 훨씬 넘고 눈물 콧물 짜며 수능 준비에
고교 시절의 낭만을 한 풀 접은 때였지
가로수 관상수 1호로 몸 기둥 숲으로 팔려 나갈 때도
참모습은 보이지 않았지
세월 깎여 나가며 어깨 근육질 몸매 구멍 나기 시작하니
고향 산천 가로수로
빛바랜 푸석한 곳부터 푸른 거리로 이동해
시집 가 산고 끝 아들 딸 셋을 낳고도 못 느꼈던 통증
싸아하게 배 밑 간지럽히더니 허리부터 쑤셔 오면
아직도 산골 아궁이 불 아래
금빛으로 빛나는 알맹이들의 펄쩍펄쩍 날뛰는 소리

자연은

이 세상 한 번 살다 저 편으로 돌아갈 때
그대는 날 한 번도 속인 적 없었네
바람은 바람대로 가지 흔들고
구름은 구름대로 노을 비껴 섞여 흐르며 정서 흘려 주었지
하늘은 그 자리에서 역류시키지 않는 법 터득하고
나무는 자신의 이름 알며 옆의 강물과 비교하지 않더라
그대 속을 한 켜 한 켜 들어가 보니
정녕 언약의 뿌리 그 자체였네
값 치루면서도 단비 골고루 뿌려 주셨네
소문 부풀리지 않고
그대 빛깔은 금빛 찬란하지도 꽃분홍 빛 아니었어도
어떤 운명도 태양빛으로 녹여낼 줄 알고
마른 느티나무 가지에도 산새 여전히 날게 하고
여기저기서 꽃망울 터지는 소리 낯익네
나 그대로 인해 여한이 없는 삶 살고자 하네
냇물 따라가며 나도 모르게 치유된 고질병 하나

5월 산속에서

5월이 태동하며 사방에서 날 애타게 부르네
다시 살아난 개구리 논둑 밭가 뛰어나와 축포 터지면
하늘 땅 오감 열리는 달콤한 자리
이제까지 걸어온 길 지나온 마을 산 들판
만나고 스쳐간 나무들 몸 찢어 나온 향기까지
시골 마을의 순박한 인정 내 강산 국토 사랑
돌아다보니 어느덧 모두가 친구요 스승이었네
땅 걷는 즐거움 에너지도 듬뿍 받고
예상치 못한 일 여기저기서 터져 나오고
낙숫물 험준한 바위산 구멍 내 물줄기 뻗어내리고
한 걸음의 힘 잎새 하나의 사색
풀뿌리 한 뿌리
겉옷도 안 걸치고 큰 숲에 이르렀지

유산

땅 밟고 굴 뚫으니
작품 되어 나오는 당신은 누구인가
실타래 되어 실실 풀려 나오는 이야기
무게 그 깊이와 넓이
그대 다가온 풍랑 안온한 정서 쌓여
자손들 피와 살 되었네
갖가지 나무들은 제 때 되면 초록빛 피워내고
강 기슭 아무데서나 잠들고 가끔 뒤척이는데
내가 부를 마지막 한 곡은 무슨 곡이며
어떤 톤으로 불러야 하는가

7월 스케치

동그랗게 큰 눈 뜨고 그대 가만히 들여다보면
구석구석 신비하고 재미난 일로 가득차 있어 흥분하네
살아있다는 이 최상의 은총
출렁거리는 파도 초록 숲만으로도 일렁일렁거리지
어릴 적 뛰놀던 강 언덕하며 들길 숲길 되짚어보고
놀이터 헬스기구로 몸 단련 애완견까지 패션 옷 입히며
한 자리서 한 몫 하는 바람 한 줌까지
장맛비와 함께 7월 산 속 바닷속 여행했지
구름도 한 평 따라붙어 동행했지
짙푸른 초록 물결 바람에 몸 흔들어 떨며
나도 덩달아 흔들리면서 물 맞으면서 큰다고
쓰나미에도 눈 하나 깜박이지 않고
산 속 한 귀퉁이에서 제 자리 버티느라
고개 숙인 7월 고스란히 장대비 맞고
서 있는 플라타나스 가로수
내 아버지 형상 빚어가는
그대만의 발산되는 향이여 열매여

오는 비

예고 없는 장맛비 끼어 있어도
내 역할 꼭 맞는 그 위치에서
무얼 하든지 동행하심 체험했네
그림 한 폭 살아 튀어나오는 옛집에서
비 뿌려 주신 당신 더 많이 떠올렸지
덮어쓴 무거운 짐 훌훌 벗어 버리라고
그대 사색 소홀히 한 일
자연 속으로 들어가 관찰 주저했던 그 날
버겁게 시간 채우던 나날의 친밀함
"내가 그 때에도 네 곁에 있어 주었단다"
쭉쭉 뻗은 독일 가문비나무 사이로
난데없이 촬영은 진행되고
주목 벚나무 물 받고 힘 들어가는 길목
꿀잠 자던 고로쇠도 그 흔한 넋두리 꼬리 내리고
6월 깻잎의 짙은 향기 배어
오래도록 내 옆자리 지켜 주었어

성(城) 쌓으며

하루살이 그대 눈길 바라보며 응답하고
사계절 미끄럼 타고 성급하게 내려와
폭설로 때 아닌 철길 이리저리 얽히고 설켰네
내 안에 날 허물고 성 쌓기 수차례
수시로 들락거리며 시퍼렇게 살아 꿈틀거려
무릎으로 기어오르다 당한 산사태
게걸스럽게 웃어대는 도시적인 꽃문 사이
빠져 나오지 못한 울림
다듬고 손질하고 못 박고 빼는 손놀림 뒤
완성된 그림 한 장 뛰쳐나올 색채는 무슨 색일까
나머지 끌어안고 살아갈 한 장 먹구름
어느 땅 어떤 시간 속에서 숨은 빛깔 찾아낼 것인가

참새에게

나의 매일 할 일은 전천후 먹이거리 뒤지는 일
연초록 고동 소리 들을 때나
무성한 가지들 아우성 소리 낯익고
인천 앞바다에서 부산 광안리 해수욕장 먼 여행 아랑곳 않고
을숙도 바퀴 돌고 돌아
주남 철새도래지도 이따금 들러보는 일정
겨울 가뭄 극심해 앉을 자리 마땅치 않아
지름길 알지만 빙 뒤돌아 건널목 터널 다리 몇 개도 두드렸지
다 떨어진 해진 낙엽 한 장에 내 무거운 몸 의탁하지
내가 날면 덩달아 잡풀 한 잎으로 연명하는 새 힘
책 속에도 내 이름자 들어 있어
당신 허락 없인 한 발짝도 나갈 수 없고
날갯짓도 할 수 없었네

터널에서

지하철 동굴 지나온 나의 이력에
구멍 하나 벌써 뚫려 고속도로 통했네
30가구 화전민 땅 시원하게 뚫린다며 새 메시지 들려오고
간이역마저 폐쇄된 아무도 밟지 않은 그 곳
터널 하나 뻥 열리는 날
내 땅 옆의 주변 땅까지 값이 뛰어
대박난 우렁이도 터널 근처 지키며
소리 안 내고 뒷설거지해도 얼굴색 하나 안 변하고
터널 통과 후 햇살 가득 안고 해외여행 채비하는
나의 가장 필요한 아픔 그리고 사통팔달 번져 나가는
또 다른 새 길 언덕과 쌍무지개 뜨는 길

유채꽃밭에서

제주의 해묵은 유채향 날라 옮긴 것이냐
그 파도 물결 따라 이국행 기다리며 한 자리 잡았지
거듭난 인생 첫날 부부연 풀어 헤친 것이나
오늘 너와 아무 상관없는 청주땅에도 유채씨 날아와
봄나들이한 꽃 봄 향연 한바탕 벌이는구나
환경오염에 날갯죽지 힘없이 펴지 못한 흰나비 노랑나비
용케도 돌아오지 못할 강 건너 왔구나
이제 얼굴 구기지 않고 미소 띄며
지구촌 곳곳 퍼뜨릴 씨앗 있어
유채로 뒤덮는 날 다가와
제 자리 내주고도 제 몸 뒤덮는
노란색의 퇴색되지 않은 일렁이는 편지여

찔레꽃에게

경상도 청송산 언덕빼기 외딴집 골라 핀 찔레꽃아
네 철 다가오면
원고지 펴놓고 별 심고 눈물 심었느냐
강한 파도에 쓸려 나간 때도 많았지
그 밑으로 떠밀려 온 미역 다발 다시마 해조류 따먹고
도망간 엄마 부르며 정 떼던 사막 낭떠러지
몸 구석구석 피멍 든 채로 받아주었어
어머니 몸 빌려 꽃씨 퍼뜨리다 허리 굵어온 큰 나무
하늘 나는 새 미물도 깃들이며 긴 목청 높이네
교도소 강사로 그 향기 날리니
역전의 인생으로 되돌아왔지
이상 고온 되어도 제 철마다 나를 살려주는 꽃이었구나

청보리밭 앞에서

두 손 꽉 쥐게 만드는 바람의 힘
연초록 향기 함께 설렁설렁 데리고 노는
눈만 뜨면 왁자지껄 소소한 일과 살아가는 소리
네 자리 올곧게 지키다 보니 몰려든 도시 귀농자들
너와 나의 뒤섞임 속 살아나는 새로난 길바닥
잡초도 때론 어깨가 고장나지 팔다리 욱신욱신 쑤셔오지
쑥 냉이 벌금자리 꽃다지로 열린 음악회도 여는
청보리의 그 색깔 오래도록 누리며 살고 싶다
무공해 소리로 되돌려 주는 겨울 끝자락
누울 자리 보고 흔들거리는 바다 앞에서

다리미질하며

해바라기 홍안 띠며 봉숭아 꽃물들인 꽃밭에서
금낭화 팬지 초롱꽃이 넌지시 말 건네네
팬지 붓꽃 제자리 내주며 뒤로 물러서는 동안
성난 백일홍 손수 찾아가 화분마다 새 흙 얹어 주느냐
옆 반 고추밭 상추밭에선 6월 햇빛 눈물로 받고
별안간 주름살 펴기 씨름 붙었네
뜨거운 다리미 지나가는 곳마다 구김살들 펴지고
반듯해지는 옷자락 너풀대는 향내들
당신 만나기 전 내 이름은 때 묻은 옷 흙건한 흙탕물
당신만 지나가면 순결한 신부로 변신하는
그대는 물 그리고 뜨거운 열기
팔짱 끼며 흔드는 밤기차 창문

벼들의 춤

나는 내 때가 되어서야 비로소 일어나고 걷고 뛰며
줄넘기 자전거 타기 암벽 등반도 대수롭지 않게 하였네
사람 노릇한다는 소리 들었지
스스로 맥박과 심장 뛰게 하지 못하면서 맛 본 쓴 물
당신 몸 떼어 나눠주며 시시때때로 넘겨주는 시너지 효과
베임 당하는 아픔 끝 다시 죽어야 살아나는 부활의 아침
가름마 길 내고 터주는 하루하루
돌아서서 한 해 목숨 부지시켜 주신 삶 고마워
옆집 채소밭들 물뿌리개로 연명하며 가뭄 뛰어 넘지만
그대의 특별한 내려놓음 만지심으로 위로받는
주변 나무들이여
늦게 영그는 서리태 줄서기여
가을날의 온갖 비유여 상징이여
대조와 비교도 초록빛으로 승화하는
벼들이 재잘대며 배꼽춤 춘다
왈츠와 캉캉춤 선보이며 스쳐 지나가네

4부

마늘밭에서

탄자니아 소식

탄자니아 지하수 개발에 한 표 던졌구나
똥물보다 더 탁한 물 마시다 치명적인 병으로 신음한다는 그대
마을 곳곳마다 깃발 하나 꽂는
지구촌은 발 빠르게 새마을호 타고 가는 가족 울타리
여기저기 쳐논 담벽 위로 구름 한 장 별 하나
같은 운율로 흐르고 교감하는 응원가 한 곡조
물 한 바가지 부어야 땅 깊은 곳에서 끌어 올리는 네 이름자
마중물 세차게 부어야 솟아나는 네 존재
나 또한 당신께 버려지긴 싫어
오늘도 한 바가지 물 되었네
흔적도 없이 사라지지 않고 지하수로 남아 있네
내게도 그 처음물 부어 주소서
기다림의 정서 꽉꽉 퍼올릴 그 날이여

목련 필 때면

장거리 뛰는 미루나무 숲 낸 창가
잎새 한 장 안 피워도 넉넉히 설 줄 아는
숨 고르며 마침내 도달할 밭둑가
눈 뜨고도 볼 줄 모르는 나비
그대 피워내는 땅에 생기 절로 오르고
어느 날 땅값 껑충 뛰어올라 당혹하는 텃밭에서
꽃봉오리 봄비 젖는 새벽
꽃샘추위 긴 함성도 지르지 않고 갈라설 준비하네
그대 이름 앞에서 무엇인가 본래 모습은 찾아냈느냐
허기진 배 움켜쥐고 산 향해 내달리는 바다
이른 점심 챙겨 먹고 땅 다독거리며 달음질쳐 왔느냐

설악산이여

나를 부르던 산 설악이여
4월 꽃소식 나무 소문에 물고기들 덩달아 튀어 나오고
겨울 계곡 상류에서 흘러 나온 물살
수만 리 폭설의 숲 거쳐 빠져 나온 초록의 눈물인가
깨어지고 부서지며 노래 만들어 내는
그 새벽 맑은 물 속 마냥 눕고 싶어라
오묘한 빛 덩어리여
북한 땅 눈앞에 아른거리는데
낙타봉 해금강가 바닷새도 설움 씻은 바위섬에서
여러 갈래 길 잃고 헤매일 때마다 군인들 그림자로 서서
파도 소리 강도 점점 더 커지는 순결한 물살
바다와 육지 잇닿은 사람 냄새 진동하는 맛집 출렁이네
너는 청정무구 자연 공장

물푸레나무

구겨진 꿈 접어놓더니
밤잠 서늘히 적셔 오던 달빛
물푸레나무는 몸 달았다
갈참나무 졸참나무 새로 나비 날아가고
구멍 뚫린 악기 하나 잊어버렸던 얼룩 찾아내고
고속도로로 새 길 내며 달리는 빈 노래
잎진 다음 하나의 열매로 다시 태어나
비로소 쉴 만한 물가 되었네

콩나물

네 이름으로 배불리 먹고 자라난 청춘
예나 지금이나 밥상머리 친숙해진 네 몸통
빈궁한 나라 태어난 설움도 잠시
늘 맨 밑층에서나 위에서 울고 웃는
싹 나고 자라며 긴 머릿결 휘날리는 네 여정
햇살 한 줌 비추어 줘도 인상 안 찡그리니
오랜 벗으로나 스승 뛰어넘는 맛 솜씨
전란 이민 유학 중 선택받는 인기몰이
연륜에 손목 팔목 거칠어진 네 이름은 언제나
구름 뒤 쾌청한 날씨
콩나물국에 밥 말아 먹으며 숙취 끼니 때우니
일급 나물로 손색이 없어라
그대 이 둔탁한 소리 귀기울이고 있는가
너만의 옹색해진 언어
오늘도 손 놀리며 빚어 내고 있느냐

파도

내 땅이라 못 박은 터
한 치 앞도 내다볼 수 없는 나날
안개마저 기둥 되고
내 몸 오늘도 밀려 갔다 밀려 오기 수천 번
갯벌 깎으며 모난 점까지도 다듬어
빠져 버린 갯벌 속 수평선 너머 썰물 되어 손 흔드느냐
전복 피조개 낙지들의 거친 숨소리 들려 오고
방파제에 오르니 새 살 돋으라 음성 들려 오네
푸른 소리 지르며 큰 소리도 치네

간월도에서

찬서리 몸 녹이며 치료약도 되었구나
이름 바꿔 근근이 살아온 지도 오래 되었어
본래 짭조름한 게 네 향기와 모습 맛 빛깔이었지
싱겁게 살다 때론 해초들 말미잘과 하루 종일 헤엄치며
때론 상어떼 습격에 놀란 가슴 진정시키며
어미 품에 안식하던 날도 수를 셀 수 없었지
갯벌 되면서 원치 않게 거듭난 생애 엮어가던
네 몸 구석구석에서 구멍 뻥뻥 뚫리더니
날 의지해 숨 쉬며 살아가는 생물들 늘어가고
섬도 집도 같이 살아온 고향집 말린 곶감
짠 맛에 길들여져
어리굴젓 낙지젓갈 회무침 속
거기 한 줌 햇살 집어 넣으며 맛 고르는 어설픈 저녁
내 이름자 여기저기서 활기차게 뛰어오르며
오늘도 밀물 썰물에 밀리고 섞여
하루 해 손 잡고 훨훨 날아 보네

잡초 이야기

수목원 거닐며 잡초들의 이야기 들었네
비록 굵직한 삶 꽃피우고 열매 맺는 삶은 못 되었으나
들어주는 이 없어도 친구 되는 웅덩이 계곡물 있네
제철 돌아올 때마다 값나가는 나무들 고개 번쩍 들며
손 흔들며 큰 소리 뻥뻥 치지만
숨 죽이며 사는 내가 사람들에 밟혀
길 내주고 죽다 살아나지
잡초라는 이름 걸고 가장 낮은 삶도 살아 보게 되었지
등산객 농부들 휴양지로
구경꾼들 무리져 벚꽃 흐드러진 틈
간신히 살아난 날 생일 케익 자르며
힘주고 바라보는 언어 새긴 바위
향나무 목련 살구나무 위로
마라톤하며 열지어 서 있는 새떼
저만의 위치에서 한 발짝도
내 힘으로 움직이지 못하는
내 설 자리에 서서 생명 움트는 것만으로도
길 생기는 것만으로도 여한 없이 살다 가겠네

숲

숲이 나를 찾았을 때
내 머리와 가슴은 망가져 있었다
숲은 그런 나를 내치지 않고 받아 주었다
속 저 끝에 있는 것들을 하나하나 꺼내
골짜기 물로 닦아주고 나뭇잎의 숨결로 말려 주었지
가끔은 벌레들 똘똘 뭉쳐 함께 사는 세상 만들어 주고
황토흙 발라 나무로 기둥 세워
밥 한 그릇 놓고 흘린 눈물
네가 가져다 준 청안한 목소리
그대 언제 이 숲에 초록 모자 쓰고 인사 올 것인가
오랜만에 문 삐그덕 열리고
동시집 한 권 세상에 내놓았네

마늘밭에서

묵정밭 갈아엎어 해마다 심는 푸르디 푸른 잔치
들판 파헤치고 마늘향 날린다
기다란 머릿결 날리며 속살 드러내놓고
팔다리 굵어져 하늘 향해 큰 소리 버럭 지른다
너의 무기력한 모습 너무 딱하구나
차라리 소리소리 지르며 울던 날 생각해내고
내가 녹아 맞이며 향과 변주곡도 보내마
그대는 먼 길 돌아 땀 뻘뻘 흘리며
마을 안쪽 큰 느티나무 아래서 한 숨 고르는 산새
열무김치 김장김치 포기마다 켜켜이 배어 있는
오 나의 살아있다는 맛의 증표
조선 배추밭과 뗄 수 없는 오래된 친구여

고추장

내 이름표 달고 세상 빛 못 본 지도 여러 해
사람들 사이 발 빠른 입소문에
청춘도 건너뛰며 큰 시장에 몸값 올리느라
이 곳 저 곳서 기싸움도 벌였다지
성장통도 비껴가지 못한 그늘에서
말쑥한 몸 단장 되어 상품가치 뛰어 오르더니
한국인들의 식탁에
양념으로 꿀맛으로 자리매김하고 있었지
지구촌시대 다가와 미주 유럽 동북아시아까지 주문 날리니
큰나무는 때마다 디스크 관절염 앓고 신음도 했네
인천국제공항 해외 여행객들 가방에 불티나게 들어가며
내 조국 고향땅 여기저기서 단지 만들고
음식점 주문 쇄도하니 내가 빠지면 안 되는 음식 늘어
기쁜 소리 새소리 바람 따라
널따랗게 펼쳐진 들판에 서 있네

야생화 산책

도시의 담벽이나 시골 야산에서
산책 나온 종달새 따라 부른 노래
어스름 달빛 별빛은 깔리고 희미해진 눈동자
허브향 인기리에 팔려 나가고 신드롬까지 일으켰네
허브라 말하는 동산에 올라 파헤쳐 보는 들썩거림
물가 상승 경제 불황에서 불어오는 또 다른 바람
내 몸값 눈 깜짝할 새 올랐다는 소문
기 죽지 않고 미소 짓는 마당 위
들로 산으로 집으로 향하는 길 위에서 터뜨린
구겨진 편지 한 통
야생화를 야생화라 불러주네
온 천지 나무 새들 팔다리 주물러주고 있다

오근장역에서

팔결다리 밑 배추밭
몸 부대끼며 살아가는 곳
인터넷으로 세계 한 바퀴 돌아도
흰 뺨 청둥오리는 오늘 하루 사는 것도
산그늘 때문인가 근근이 살아가네
오근장 역길로 고추밭 무성하고
산오리 고기 조류독감 안 탄 음식점 즐비하고
홀쭉해진 몸으로 다시 돌아와 한 몫 하고 사네
둑길 만들어져 차들 오르내리며 찬바람도 막더니
연탄 때던 음식점 하나씩 꼬리 감추고
국제 비행장 들어서고
제주도로 중국으로 날라다 준 사람들과 짐짝
이때 하늘로 비상하는 비행기 행렬
여기저기서 메시지 한 점 흘리고 날면
몰려 오는 노래
들판 코스모스도 경청하는 행렬

진천여중에 와서

길가 붓꽃이 숨겨 놓은 내 웃음임을 알게 하네
철철이 농사짓는 농부들 땀방울이 내 눈물이야
겨우내 몸 푼 뒷산 소나무
긴 겨울잠 탁탁 털어내고 부스스 마중 나온 청설모
사방팔방 진초록 연둣빛으로 배경음악 깔고
30년 교편생활의 절정 하모니 되네
귓전 때리며 울먹울먹 키 머리 가슴 커져 나오는
신새벽 몽골 해수욕장 조약돌 부딪는 소리
땡그랑 소리 거칠고 교실 문 열기 때론 두려웠으나
봄의 왈츠 변주곡 들으며 새 생명 팔딱 뛰며 뒤척이는 소리
여름의 무성한 숲 속 가로수 꽃길의 속삭임
논두렁 밭두렁에서 고함치며 손 흔들어대는
단풍잎이 주는 가을 메시지
빈 들 빈 밭 빈 마음 되어 등 두드리며
매듭짓는 겨울 서서히 다가와
크리스마스 송가 예비하네

꽃에게

정원의 피워 올린 꽃과 나무 툭 건드리기
요즘 나 그대에게 말 거는 거야
돌멩이도 찾아 꽂고 산 그림자도 불러내며
줄기마다 물오른 봄날 그림 그리기
나뭇잎도 수천 개 달아 보고
비료 듬뿍 가지치기 단 열매 꼭 따고 싶구나
땅속으로 내리뻗는 경쾌한 관현악단
뿌리는 저희끼리 손뼉 치며 술래잡기도 하고
묵은 때 벗어 올해는 콩꽃 깨꽃 없은 산과 들판
새 얼굴들 보고 싶구나

김치에게

잎부터 뿌리 줄기까지 버릴 것이 없구나

예술로 승화하기 위해 소금 마늘 고춧가루 마다않고

몇 날 며칠 절이고 뒤집혀 발효 식품 되었느냐

그대 명성 세계로 뻗더니 다양한 요리법 나오고

구둔내 날 때까지 땅속 묻어 묵은지까지 입맛 돋구는 운율

돼지고기 두부와 궁합이 맞고

별별 찌개에도 양념으로 간 맞추니

만인의 사랑이다 양코백이들조차 시끌한 찬사

5^부

빈 집에서

물오리야

엘리뇨 현상이 내게도 몰아닥쳐
긴 겨울강 속에서 빛 한 줄기 기다렸네
물 떠나면 죽는 것 한 번도 일탈은 못해 봤어
당신이 보고 있는 이 순간 자연의 큰 가슴
볕 좋은 날 수영도 하고
수다 떨며 장난도 치고 싶었단다

빈 집에서

빈 집에 서서 뭔가
더 버릴 수 있을까 망설였네
비우지 말고 채우라
누가 떠나가며 하던 한 마디였나
한 때 고양이 날다람쥐 길 잃은 새 날아와 쉬며
서성이며 출렁이며 귀 대고 기다린 흙덩이
흙손으로 뻥 뚫린 바람벽 다시 메꾸는 오늘

파랑새

우리집 마당에도 파랑새 한 마리 날아와
굵은 어깨 틈새 둥지 틀고 말았네
강 건너 저쪽 그 너머로 누굴 찾아 헤매던 거냐
황하로 흘러 들어가면서 살아남은 너
그대 좇아 밟은 길 얼지도 사라지지도 않았네
깨금발로 살지 않고 두 다리 보행의 리듬으로
살게 하신 그대 심장 고동치고
여명의 시 읽으며 가을로 익어 겨울로 침묵하는
큰 나무 위로 뻗은 줄기 가지마다
새 꽃 피울 나의 유일한 신부여

나의 시

안으로 마당으로 키워가는 한 싹 있었네
언제부터인가 내 안에 웅크리며 자리잡고
내 계획표 송두리째 말아가기도 하고
한 층 한 층 빛깔과 모양 바꿔
색도화지에 물감 떨어뜨리는 게 누구냐
퍼진 물살 따라 꿈 접기도 하고 펴기도 했지
산은 썰렁한 바람 두툼하게 잉태하고
하늘은 구름 몰고 숲마저 출산하는 날
내게 등나무로 뻗은 빵 한 덩이 때맞춰 부풀어 올라
내 토양에서 시가 꿈틀대고 춤꾼들 발걸음 서두르는
오늘은 화사한 봄날의 언덕이구나

격포 해수욕장에서

네 몸짓이 바다의 눈물이구나
쪽빛 물결 파도야 먼 여행 다녀왔느냐
조개 바지락 광어 놀래미 잘 짜여진 노래패
물살에 닳고 닳은 돌멩이들
기이하게 변모된 조개들 돌들 속으로
어선들 묵묵히 노젓는 꿈틀거리는 거룩한 땅
곰소 젓갈 시장 먹여 살리는 너만의 짭짤한 몸짓
깔깔대는 함성 뒤 고스란히 몸 녹여주는 소금 한 무더기

비 오는 날에

장맛비 바닷가 선창 때리네
쓰러진 졸참나무 담장가 접시꽃도 손 흔들고
뒹구는 건 나리꽃 화분
누가 "너는 왜 쓰러졌느냐"고 묻는다면 어쩌나
소생의 비 구원의 단비 흠뻑 맞으면
한 번 쓰러진 것 기억하지 못하는 저 짓궂은 종소리
나 비 맞고 다시 일어서면 큰 기침해 볼 참

비둘기호 기차

토요일마다 고향 찾던 충북선 열차
사춘기 시절 사과박스에 연탄불로 자취하며
올라탄 기억의 폐타이어 된 창고엔
햇살 빛나는 편지 수북이 쌓여
보리쌀로 밥해 먹고 무심천 물빨래 헹구면
꺼진 연탄불 매캐했던 잠자리 눈물 적신 베개
계절마다 던져진 들판과 새들의 메시지
새마을호 고속전철 경비행기로 날아다녀 봐도
그대 없는 길 한탄하지 않았어
그 시절 그 비둘기호는 폐차되고 없지만
음성역 일회용 나무 도시락 비우며 한 줄로 뛰던 동심
오늘 가을의 시 한 편 써야지

광야에서

그대는 나만의 농익은 포도주
그 광야에서 오늘 나도 곁에 서 있네
보이지 않는 힘 돌무더기 돌산으로 밀고 당기고 하였지
때가 되자 거친 들로 산으로 내동댕이쳐지고
천둥 번개 보내고 강약 고저로 다루는 그대 앞에
기다려 주신 미소 뒤 나도 모르는 새 들판 야생화로 숨어
빗물 먹고 흙물 뒤집어쓰며 마침내 땅속 깊이 묻혀 있었지
벽돌 굽기 동굴 속 잠들기로 햇빛 못 본지도 여러 해
기억하리라 광야길
나를 산 밑바닥까지 낮추사 높이시는
골짜기든지 산꼭대기에서든지
한 가닥 샘물 눈에 반짝 뜨이고

연세의 봄

알렌 에비슨 세브란스 언더우드
제중원 연세대 세브란스 병원 낯익은
그대들 옛 향기 짙게 밴 구석마다
봄은 어김없이 손 깨끗이 씻고 내려오네
언더우드 동상 윤동주 서시 시비 청송원의 그 숱한 이야기들
나직이 몰려 와 힘찬 강의하고
그대 앞뒤로 펑펑 벙근 백목련 희뿌연 살결이어
진달래 무리진 네 발목부터 피어오르는 향
연세의 봄은 왠지 다른 봄보다 더 질척이는 느낌이다
너와 내가 늘 상한 마음 나누고 함께 엮어가는 사랑이야기다
그늘진 틈마다 강한 햇살 들어간 섭리의 기나긴 역사 그 자체이다

오창 호수공원에서

늦가을 홍엽 보러 호수공원에 갔지
석양은 회색 구름 뚫고 쏟아지고
가던 길 가로수 현수막 글자 읽으니
세태도 보이며 움직이며 다가오던 물살
기대했던 잎들 겨울 빛으로 바뀌고
히트 팝송으로 상쾌함 위안 받았지

프랑스 미국을 넘나드는 운율
함께한 아들 캐나다 호주로 눈돌리고
호수 속 오리어미들 잉어떼 일렬로 반기는가
과자 던져주니 우글거리는 생명소리
호수공원 산책로 걸으며 그래도
사람으로 태어난 것에 감사했지
언어의 바다에서 읽기와 쓰기가 자라났지

겨울바다

철썩거리는 네 소리에 선잠 깼구나
짙푸른 색감의 낯익음
정동진역 앞에서 네 자리 지키며
벌거벗은 네 모습 더 정겹구나

파도여 격동친 한 해
웃음과 울음 절구통에 빻고
천안함 연평도 사건 너무 슬퍼
그 혼 달래려 매섭게 몰아치느냐
월드컵 아시안컵으로 퍼진 열광도 녹이느냐

여름 가을날 독특한 맛 녹여내고
울림이 겹친 네 모습
돌담집 국솥에 소금 한 줌 뿌려 간을 친다.
새 단장한 기념품 가게 배들도 출렁이는 오후
바람 맞으며 겨울 이루는 지혜를 조개 줍듯 줍는다

기차

몇 년 지나 기차여행 하니
아날로그에서 디지털로 바뀐 변화에 익숙하게 반응했지
인터넷으로 기차표 끊고
개찰구에 없는 승무원
에스컬레이터 타며 생각했지
열차 속 카페나 노래방도 날 부르고
아들과의 기차여행 기다란 세상 이야기
어린 시절 중고교 대학시절까지 나를 길러준 너
그것은 데모 행렬 악플 세상 자살률 1위 국가에서도
낭만 결 고운 정서 그 자체였지
안식과 깊숙한 평온 설레임이었지
초등생 문학 소년 소녀 신혼부부 노년부부
풀꽃 시상 차오르게 하는
이제 막 기둥 오른 담쟁이 넝쿨 그리고 하모니

누에

내 상징은 누에
사람들은 나를 보고
버릴 것이 없다고 칭송하지
뽕잎 먹을 땐 내 운명을 몰랐지
누에고치로 변모하자 펄펄 끓는 물에
서너 번 사우나로 돌려져
빈 하늘 짠 단으로 재탄생되어
세계로 마을로 걸어 나가네
누에로 태어난 게 억울해서
운 적은 한 번도 없었네
내 이름을 사랑하는 이여

손에게

조물주가 오장육부 만들 때
가장 예술적 감각을 쥐어준 것인가
네가 스쳐 지나가는 공간 시간마다
수많은 깨어짐 부서짐 밟힘 후
거대한 예술작품으로 눈 뜬다
소품으로도 구석 저 편에 자리매김한다

홍수

내 어린 시절
무심천에 홍수 밀려오며 터지면
돼지 소 이불 솥 떠내려가며
사방 남편 아낙네 통곡소리 들었다
모충동 석교동 금천동 취약지구
주변엔 진원지라 집값이 내려갔다
극심할 땐 수위가 차서 가까이 하지 못하고
한바탕 내 마음의 정화조 통해 걸러낸
성년이 되자 홍수가 꼭 나쁜 것만이 아닌 걸 깨달았다
온갖 더럽고 추하고 냄새나고 목마른 것
올 여름 소낙비처럼 유쾌한 해갈을 했다
홍수가 나면 그 위에서 일하시는
그 분 믿을 때
감사했다

지휘자

나는 그대들의 모난 삶을 연주하는 출중한 지휘자
아름다운 드레스와 각종 악기음으로 분위기 감돌고
박자와 음정 고루고루 갖추면
지휘의 몸짓 눈짓 손짓으로
하모니 물결 출렁이다 숨죽이며 살아
백사장 모래알도 여기저기서 튕겨져 나오고
뒤쪽에선 선율에 걸려
산새소리도 들렸네
오래오래 내 자리에 남아
관람객들도 울리고 웃기고
단원들 화음 고르며
하나하나 제 소리 극치 이루면
해지기 전 땅 끝 이 쪽 저 쪽으로
한 마리 새 되어 날아오르게 하고 싶었네

6 부

그대 이름은 백제

분수대

분수대에서 소복한 미녀가 독무를 추고 있다
유연한 몸짓 날렵한 손발 놀림
시선은 좌우로 향하며 제 인생의 짐을
탈탈 털어내고 있다
빈 몸이 되기까지 되돌리기 수십 번 반복한다
쌓인 한도 묵묵히 녹여내고
미나리꽝에서 곧바로 따낸 그 싱그러움 열고
풀 건 다 풀어내는 오후
죄도 씻어내고 더러운 마음도 헹궈내며
순백의 여인으로 거듭나고자 몸부림치는구나

개망초꽃

큰 나무 아래서 눈에 안 띄는 중에도
해마다 제자리 털며 청소하면서
간간이 퍼붓는 비 날리는 눈보라 뚫고
제 향기 모두 내주는 너
아차 하는 사이에 꽃 피우며
옆의 살구꽃과 비교 안 하는
때론 나도 할 말이 많다고
만리장성 쌓아 왔다고
시위하며 몰려드는 마음도 다 접고
오늘도 당당하게 한 자리 차지하는
오 우주의 꽃그늘이여
세속을 정화하는 네 향이여

멸치

부산 기장 통영 앞바다
4월에서 6월 봄멸치가 떠오르면서
뛰는 밤바다 속 한 수 더 뛰는 너의 몸값
갖가지 음식으로 변신하면
여기저기서 행복해지는 미각들의 수다
매서운 바람 찬 서리에 새벽 잠 설치고
한 소망으로 피곤 무릅쓰고
어선 붙드는 마음
네가 주는 갖가지 영양덩어리
멸치액젓 멸치조림 멸치회 국수
멸치무침 찌개 튀김 등으로
그렇게 내가 죽고 다시 태어나는 동안
몸엔 근육이 붙고 어린아이에겐
DHA가 생겨 두뇌회전 빨라지고
그 비늘로 화장품까지 재창조해내는
내 이름자에 속속 숨어있는
나만의 유일성 정체성 찾게 되었지

호수

그대 호수라는 이름으로
이 땅에 태어나 끊임없이 흘러야 하는 사명 안고
안으로 밖으로 모처럼 밤잠 자는 모습 지켜보았네
뭐가 그리 할 말이 많은지 고달픈 몸 누이지 못하고
밤새 밀린 일기 편지 쓰며 몸과 마음 닦고 있었지
저녁 되면 향어 잉어 잡아 음식점에 나르는 소리
무엇인가 퍼 날라야만 하는 신세
마른 물줄기 속속 폭우 들어간 날
애써 토해 내놓는 글 살가운 고함소리
저녁은 노을 걸치며 한 소리 하더라
너는 몸 풀며 숨 멎다 살아난 해산의 경험 기억하는가

장암리 연꽃 노래

바람에 비 섞여 쏟아진 날
장암리에 사는 넓적 잎새
서로 몸 부딪쳐 옹기종기 노래 짜내고 있었네
곳곳에 찢어진 틈새로 물방울 흔들어 보내고
정자 향한 수로마다 지난 해 못 피워 올린
냄새며 색깔이며 몸통 바지 길이까지
개구리 울음 뒤 낮게 흐르던 운율
너로 인해 나도 살고 나로 더불어 네 후손까지
하늘 바라며 돌진한 그 날 향하던 물결
바람에 밀려 뒤통수 불쑥 불쑥 내밀며
네 존재 알리니 터져 나온 함성
연꽃이 연밥 내고 피고 지는 네 하루 중
섣부른 평온 저 멀리서 물살 두드리며
울적해진 마음 서서히 여는 아침 종소리

봄날

봄날 한 폭의 수채화로 거듭나는 진통 속
대청호와 산자락은 긴 호흡을 맞추고 있었네
뿌리 깊은 나무 사이사이로 피어오른
향 깊은 유채꽃 작은 제주도 연상케 하고
그 아래서 봄내음과 비벼 먹은 꿀맛 점심식사
4월 한기 거두어 가고
맑은 햇살도 귀가 뜨이며
봄꽃 뒤덮인 여행길 밀밭 밟아주며
시 낭송 노랫가락 퍼뜨린 산책로에서
마음은 저마다 한 가지씩 심고 태우고 있었네

양념

나는 당신의 양념이 되고 싶다
당신의 소유이고 싶네
철철이 우리들 입맛을 돋구는 신나는 식탁
네가 곳곳에서 죽어야 살아나는 무수한 생명체들 입맛들
보잘 것 없는 입맛을 세계로 올려주신 당신
간장 고추장 소금으로 간해야 살 맛 나는 일상의 빛부심
싱거울 땐 소금 한 줌 집어넣고
짜고 매울 땐 물 한 바가지 퍼 주는 것은 너의 할 일
협동 어울림 만끽하는 식물성 동물성 반찬들의
기립 박수와 유쾌한 합창
당신 앞에 춤출 때 기쁨의 절정
다시 태어나는 파노라마

와카(和歌)

일본이 세계에 자랑하는
영원한 진가 발휘하는 아름다운 정형시
오사카시 와카현이 탄생지인 너
그 시원은 왕인박사의 매화송이라고도 한다지
지금도 왕족과 귀족 자제들이
'아버지 노래'라며 쓴 두 행의 시
왕인의 깊은 회포 엿보이고 난파진으로 입도했으니
봄마다 난파진 바닷가 매화 보면서 얼마나
바다 건너 고향 영암의 봄이 그리웠을까
지금도 난파진 옛 이름은 아득히 명시로 남고
오사카 땅엔 신일본제철 간판
육중한 골리앗 크레인만 보인다

그대 이름은 백제

백련 홍련 가시연 향내 그 독특한 향으로
사방 팔방 손뼉 치며 날 오라 부르네
무대에 주연 조연 엑스트라로 설 때
백제 문화 유적 떠나는 오사카행 비행기
장대비와 동행한 간사이공항은
천사백 년 전 백제 도라이진 이야기 펼쳐 줄 무대
그 무대 주인공으로 지금도 우뚝 선 그대여
오사카 나라 교토 구석구석
300여 점 백제 유적 녹아 있네
붉은 장미 되어 맥 이어 흐르네
그대는 백제 문화의 자존심 본체
활활 타는 꺼지지 않는 화산구이네
영롱한 구슬 꿴 줄 잇는
벚꽃 소나무 무궁화 행렬

백제 땅 매미 소리

백제 땅이 내게도 초청장 내밀었네
무령왕릉 자취가 있는 인물화상경
무덤 속 들려온 그 시대 맑디 맑은 개울물 환청
옛 조상들 땀내 살 냄새며 발 냄새까지
나 그때 그곳에 있었노라 증언하는 매미 합창이네
금방 따내온 궁사 부인의 방울토마토 받으니
같은 핏줄 냄새 묻어 와 깜짝 놀라게 되었지
백제 조상님들 눈서리 쓰나미 달게 받고 이주해 온
그러나 한국과 똑같은 도라지 고구마 감자 상추 고추 가지
울타리 너머 그득 핀 갖가지 같은 언어의 탑
채송화 봉숭화 맨드라미 칸나 깨꽃들
일렬로 서서 거수 경례하고
위로 중의 참 위로 고향 느낌
밥맛 살맛 나는 신천지 한 마당
소녀 적 고향 생각 흔들어대던 너도 밤나무 감나무와 함께
익어가던 백제 시 낭송 운율 손바닥 사이사이로 펑펑 퍼져 나가고

같은 고향땅이네

가깝고도 먼 나라 동행한 시인 묵객들 두 발 디디니
정지용의 향수 이은상의 가고파가 툭 터져 나오네
동일한 냄새 느낌 빛깔마저 살아 성큼성큼 걸어나오고
하늘 저만치서 미소로 한 줌 눈물 섞어
실로 오랜만에 저녁노을 꽉 차게 안아 보는 여행이네
같은 뿌리 한 혈족임을 만난 순간의 떨림이여 슬픔이여
그때 그 백제 조상님들 열악한 환경에서 얼마나
말 못할 짐승의 고통
몸으로 직접 내리받으며 크고도 험했을까
먼 타국 배도 비행기도 교통수단도 없이 맨 땅에 뒹구는
그대 아픔 공감되고 또 공감되었네
벼농사법 전수한 일이며 각종 농기구 보급
구다라관음도 백제의 것이며
직조공 도자기 언어 지금의 일본 문화 저 이면엔
옛 조상들의 숨결 책갈피마다 그득히 번져 있었지
나 또한 미래의 조상 되니 그때 내 후손에게
꼭 전해 줄 말 선물 흔적 하나 생겼네
나는 지금 이 자리에서
어떤 유산 무슨 행적을 남겨줄 것인가

나라 풍경

사찰 전통 찻집이 마음 끄는
오래 된 골목길에서 한가로이 거닐다
몇 그루 대나무 심겨진
손바닥만한 화단 곁 스기나무 현관 미닫이
스르르 열고 들어가
두어 개 탁자 놓인 작은 찻집의 기모노 여주인과
마주 앉아 그가 따르는 전통차를 마셔 보라
이 때가 일본 여행 중 가장 운치있어라
고도의 향기가 고요히 느껴올 것이다

비야코 호수

네 이름 자체로도 예사롭지 않구나
덴지천황은 백제가 패망하여
외삼촌인 의자왕이 당나라로 잡혀갔다는 소식에
흰 삼베옷 입고 정사를 돌봤으며
2만7천 명의 구원군을 파견했다고 하였지
그 지원군이 백촌강 전투에서 궤멸되자
백제 유민 2천 명이 비파호 주변으로 이주해 왔다네
정림사 5층석탑 위로 스치던 달빛
고란사 종소리에 망국의 아픔 눈물 짓고
비파호 주변의 사찰 불상 신사
탑 도자기 와당 하나하나 무심히 보아 넘길 수 있을까

서대사(西大寺)에서

오늘의 일본 국보 12천화상이라 더 유명해진
동대사에 대칭으로 세웠는가
누구에게도 안 보여 주는 그림
옛 우리 조상 화가들이 그린 그림
우리의 구수한 숨결로 겹겹이 살아 움트고 환영하는구나
15년 걸쳐 지었다는 역사의 기록
당대 거장들의 흔적이네
소실된 목조 5층탑은 어디로 가고 받치고 있던 주춧돌만이
지난 날 얼싸안고 증언하고 있구나
옛날 신라인들이 많이 와서 살던 곳임을
밝혀 주기도 했던 지역이던가
586년엔 우리의 목공 철공 화가 도공들이 많이 건너가
아스카시대에 비조사와 법흥사가 섰고
607년엔 그 찬란한 법륭사가 서기도 했다지
748년 일본 최대의 동대사 뒤이은 걸작품
765년엔 그에 버금가는 서대사 세웠다네
나도 그도 어우러져 작은 화상 만들어 내고 있네
지금도 그때 그 메아리 되어 대 이어 퍼져나가고 있네

서정시로서의 삶의 역동적 활력 재건(再建)

— 박지현 시집《소금밭에서》의 시세계

홍 윤 기

일본센슈대학 대학원 국문학과 문학박사(시문학)
국제뇌교육종합대학원대학교 국학과 석좌교수(현재)

박지현 시인은 한 마디로 살아 있는 시를 쓰는 한국시단의 한 유능한 시인으로서 평가하련다. 무딘 노력으로 시에 생명을 걸고 작업하는 자세는 어김없이 타의 모범이 아닐 수 없다. 단지 그의 시세계의 결점이 있다고도 한다면 과다한 '사설 전개'를 꼽고 싶으나 역시 그것은 오히려 그만 가진 시적 매력이기에 나무랄 생각은 전혀 없다. 즉 가식 없는 한국인의 정서가 인간 냄새로 물씬 풍기는 시의 경지는 뛰어나다. 아마도 이 시집을 대하는 독자들은 그런 사실을 충분히 실감하리라고 본다. 여하간에 시인 박지현은 시를 잘 쓴다. 그러나 결코 자만은 금물! 시집 전편에서 시를 무작위로 7편 뽑았다. 그리고 제자를 아끼는 마음으로 각 시편에 대한 지도 교수의 판단을 진솔하게 전하련다.

나의 본디 얼굴은 사나 죽으나 짠맛 홍건하게 넘쳐 흘러
떠들썩하니 순수 결정 '트레이드 마크' 높다라니 내다걸고

맑거나 흐리거나 번개 폭풍 사이사이 누벼 연명해 왔구나
그래, 호칭도 가지가지 붙여주어 별명도 살아 꿈틀거리기도 했어
암, 그렇지 태어나기 전부터 짠내에 절어 녹여낸 시공 속에서
처음 태어난 날짜부터 그것은 운명이었고
여러 날 여러 해 긴 세월 찌든 것 당신은 아는가
잘난 이들도 감히 나 없인 시시분분도 살아갈 수 없소이다
내 몸뚱이 넓은 세상으로 팔려 나가며 희고 굵은 나날 메꿔
내게 보여지는 구름 한 장 산맥 한 줄기도 큰 힘이었다네
반짝 이벤트로 빛바랜 투정도 받아 주었으니
아니다 아냐, 목디스크 허리 관절까지 뻐근했으니
간수로 녹아 흘러넘쳐 웅어리지면 단단한 뼈마디로 번쩍 번쩍 빛나니
얘들아, 나는 산모퉁이 기다라니 돌아가는 강줄기가 아니란다
비록 오늘은 저 큰 하늘 아래 꽁꽁 묶여 갇힌 몸이지만, 알겠느냐
너희들은 몰라도 내 몸에선 거센 바다 파도 자국 아직도 넘쳐, 넘쳐
배 밑창부터 불타 거세게 차오르는 건 힘, 힘이야, 힘.

- 〈소금밭에서〉 전문

〈소금밭에서〉는 서두에 지적한 '수다스러운 시어의 나열'을 지적하게 되는 동시에 박지현의 두드러진 시적 매력이다. "암, 그렇지 태어나기 전부터 짠내에 절어 녹여낸 시공 속에서/ 처음 태어난 날짜부터 그것은 운명이었고/ 여러 날 여러 해 긴 세월 찌든 것 당신은 아는가/ 잘난 이들도 감히 나 없인 시시분분도 살아갈 수 없소이다/ 내 몸뚱이 넓은 세상으로 팔려 나가며 희고 굵은 나날 메꿔/ 내게 보여지는 구름 한 장 산맥 한 줄기도 큰 힘이었다네"라는 이 강력한 '삶의 메시지'는 화자의 삶의 정서적 역동성이 살아서 뛰달리는 이미지의 세계를 창출한다. 누가 그 동안 이만큼 우리의 가장 소중한 생명의

양식 '소금' 속에 천착하여 훌륭한 시를 써냈던가. 박지현의 시적 승리다. 우의적(寓意的)인 수사(修辭)의 표현 기법은 뛰어난 고도의 메타포라고 할 수 있고 그야말로 새타이어(satire)가 독특한 흥미로운 풍자 묘사이다. 소금의 진가를 새로운 제재(題材)로 택한 주목되는 알레고리(allegory, 諷諭)의 작품이다.

> 작은 목소리 내기 위해 눈밭 얼음 구덩이 속에서도
> 간신히 살아남은 겨울 산줄기여, 이제 큰소리쳐도 된다
> 거기 나도 끈질긴 하나의 거문고 악기줄 되어 연주하고 있어
> 지금은 잠잠하게 그대 보고 껄껄 웃기도 하지 탈춤 추면서
> 얼음 구덩이에서 갈비뼈 하나하나 조립되는 긴 시간 뒤
> 찬서리 궂은비 한 몸에 받는 것쯤은 식은죽 먹기
> 고속도로 닦을 때 저만큼 한 발짝 비켜서서
> 제 살 깎이는 아픔 참고 또 참지 않았느냐
> 덕분에 잘 사는 녀석들은 따로 기름진 배 두들기고 있지만
> 한 귀퉁이서 숨차게 간신히 비집고 살아나온 풀잎 한 장
> 그 위의 신선한 벌레 꿈틀대는 소리 듣길 간절히 원해
> 그 소리 몽땅 끌어안고 앉아 있는 산맥, 산맥 된다
>
> – 〈겨울 산맥〉 전문

'도대체 시란 것이 무엇이냐' 하면 제대로 된 메시지 한 줄 던질 때 그 시는 살아남게 된다는 표본이 박지현의 〈겨울 산맥〉 같다. "고속도로 닦을 때 저만큼 한 발짝 비켜서서/ 제 살 깎이는 아픔 참고 또 참지 않았느냐/ 덕분에 잘 사는 녀석들은 따로 기름진 배 두들기고 있지만/ 한 귀퉁이서 숨차게 간신히 비집고 살아나온 풀잎 한 장/ 그 위의 신선한 벌레 꿈틀대는 소리 듣길 간절히 원해/ 그 소리 몽땅 끌

어안고 앉아 있는 산맥, 산맥 뗜다"라는 고난 속 현대 사회 구원(救援)이라는 애정 어린 인간애로서의 가치 있는 평등한 인간상 회복에의 소망스러운 사회성의 시세계인 '소셜 포이트리'는 시적 건축 구조적 미학의 추구이다. 동시에 그 주지적 발자취에는 마치 폴 발레리의 경우처럼 이탈리아의 위대한 예술가 레오나르도 다 빈치의 논리적 〈방법 서설〉이 깔리는 것과도 같다.

이 시집에서 박지현의 다채롭고도 다각적인 시작업은 앞으로 두고 두고 오래도록 모든 작품을 한 편 한 편씩, 평자 나름대로 거듭 분석하고 연구하면서 깊이 살펴보고 싶은 충동을 느꼈다. 평자가 지난 날, 유학중이었던 일본 센슈대학의 대학원에서 '시마자키 도손'(島崎藤村, 1872~1943)에 심취하여 그의 모든 시를 종합하여 파헤쳐 논고하여 보았듯이 나는 이번에 박지현의 시세계를 다시금 새롭게 접하면서 한국시단에서 하나의 빛부신 금광 광맥이라도 발견한 그런 충만감으로 넘치고 있다. 물론 어디까지나 냉철하게 그의 시편들과 광범하게 마주서서 말이다. 또한 독자들을 보다 더 친절하게 그의 시세계에로 접근시키게 하기 위하여 내가 선별한 이 시집의 시편들 중에서 각기 한국현대시로서의 특성을 가진 서로 다른 면면들을 뽑아 그 콘텐츠를 풀어보려고 했다. 두 말할 것 없이 여기 선정한 것 밖의 여러 시작품들도 가편이 그득 넘치고 있음을 미리 밝혀 둔다.

너의 모든 장애를 기회로 만들었구나/ 반짝반짝 빛나는 별 하나가 절실하구나/ 송학 위 달 하나 수놓고 밑동부터 싹 나게 하느냐/ 밤 깊고 어둠 진해질 때/ 비로소 제 이름값 하는구나/ 쓸 만한 나무부터 베어가도 배 하나도 안 아픈 흙무더기/ 산을 산답게 하며 나무를 나무 되게 하네/ 자다가 깨서 잠결에도 노래란 노래 모두 찾아 부르네/ 사시사철 뿜어내는 언어 몇 마디로도/ 배 타고 대서양 횡단하는 것/ 비행기 타고 우주 한 바퀴

여행하는 것/ 내가 아닌 내 안에 당신으로 사는 것

- 〈못 생긴 나무가 산 지킨다〉 전문

불붙은 소녀들의 황금빛 날개/ 동화 속 소년의 생기발랄한 춤/ 늦잠자다 멈칫 선 갈대숲이었네/ 시집가기 전 신부의 단장한 가슴/ 아니 줄기 밑동 몸체가 하나 되어/ 강물 거쳐 바다로 가기 직전인가/ 산모퉁이 돌아가며/ 무언가 어김없이 따내는 꽃바구니   - 〈사과 과수원〉 전문

시인의 길은 그가 살아가는 시대의 인간적 가치를 꿰뚫어내는 데 있다고 본다. 일반적인 의미에서 서정시는 거의 대부분이 패션(정념)에 의하여 쓰여질 뿐 거기에는 존재 감각의 실체인 암호가 결여되고 있는 것들을 살피게 된다. 정념이라는 것은 단지 패토스(pathos) 즉 패션(passion)을 가리킨다. 데카르트는 정념을 이끌어주는 것으로써 놀라움을 비롯하여 고통, 사랑, 미움, 욕망, 기쁨, 슬픔 등 여러 가지를 들었다. 이 경우 그런 정념에 설명은 불필요하다는 것이다. 즉 "시집가기 전 신부의 단장한 가슴/ 아니 줄기 밑동 몸체가 하나 되어/ 강물 거쳐 바다로 가기 직전인가"에서처럼 아픔의 정념 속의 수동적 감정을 능동적 감정으로 전환시킬 수 있는 상상력이 있어야만 시가 성공한다고 본다. 놀라움을 비롯하여 고통, 사랑, 미움, 욕망, 기쁨, 슬픔 등이 단지 조건반사가 아닌 자신의 내면 세계 속에서 융합되어 자연스럽게 스스로 움직이기 시작하는 데서 현대시의 새로운 존재 감각은 뛰어난 시로 승화하게 되는 것이다. 시가 어려운 것이 아니라 모르고 있다는 것이 어려움이라는 것을 냉혹한 현실 사회 투영으로써 리얼하게 이미지화 시키는 시인 박지현의 탁월한 오늘의 〈사과 과수원〉의 새로운 아포리즘의 미학에 독자들도 감동하리라고 본다.

밥알 아물거리며 울컥 울리는 울림

어머니는 나의 손이었다

80번 손이 가야 밥 한 술 입에 들어간다는 소문

통일벼 일반벼로 탄생하고

때가 되니 흑미벼로 노래부르며 튀어나오네

그 속엔 우렁이마저 두 다리 쭉 뻗고 잔치 벌이고

살아있음을 알리며 툭툭 건드리네

벼 속 깊이 웅어리진 포기마다 퍼져 나오는 긴 노래

주름살 펴가는 은행잎도 짧은 작별 인사하고

향기 그득한 콩알 은행알 쏟아 내놓을 때

따스한 식탁 눈물 담는 항아리

오장육부 후끈해지는 아침바다 산책길

풍어 한 마당 잔치로 눈알 벌개진 항구더라

– 〈밥〉 전문

　시인의 예리한 시각은 〈밥〉이라는 삶에 불가결한 양식에다 인간의 생명을 가탁하여 오늘의 치열하고 혼탁한 삶과 그 아픔의 진실을 초자아(超自我)의 시세계에로 형성시킨다. 삶의 존재가 어쩌면 지구 위에 산다는 인간 존재에 매달려 허덕이는 어쩌면 우리들 하나 하나 자아의 실존적 페노미나라는 현상은 아니런가 가상해 본다. 그렇듯 현대시는 가장 개성적일 때 만인에게 공감되는 명편이 된다. 개성적인 시는 시문학적인 새로운 가치 창출이며 그 이상을 자신의 내부로 받아들여서, 객관적으로 창작 발산하는 눈부신 성과를 거두기 마련이다. "벼 속 깊이 웅어리진 포기마다 퍼져 나오는 긴 노래/ 주름살 펴가는 은행잎도 짧은 작별 인사하고/ 향기 그득한 콩알 은행알 쏟아 내놓을 때/ 따스한 식탁 눈물 담는 항아리"라는 삶의 아픔 속에서의 현대시의 생명력은 이미지(image)의 다양하고 발랄한 전개 과정에서 눈부시게 꽃핀다.

시인 박지현은 앞에서도 지적했거니와 일종의 사회시(社會詩)로서의 다채로운 인간 삶의 콘텐츠를 심미적 방법으로 이미지화 시키는 솜씨가 자못 독특하고 신선하다. 이번 시집에서 특히 주목되는 역작 시는 〈못 생긴 나무가 산 지킨다〉며 〈겨울 산맥〉, 〈밥〉 등등이다. 한국의 수많은 시인들은 이미지가 아닌 스토리(story) 제시를 마치 시인 양 착각하고 '시'가 아닌 '이야기'를 '시' 대신에 시 행간에다 나열하고 있다. '이야기'는 '수필'이나 '소설'에서 다루는 문학적 언어 표현 방법이다. 그러나 박지현은 이미지의 새롭고 다채로운 표현을 통한 삶의 아픔과 그 심오한 진실을 서정적으로 두드러지게 메타포하고 있어 매우 주목되는 시인이다.

오프닝 메시지에서 "밥알 아물거리며 울컥 울리는 울림/ 어머니는 나의 손이었다"라고 신(神)은 시인에게 참으로 인간다운 '삶의 진실' 파악이라는 가장 숭고한 고품도의 인스피레이션(靈感)을 안겨주었고, 화자는 즉시 화답하며 그의 시세계를 숭고하게 구축하게 되었다고 본다. 여기서 말하는 신은 뮤즈(詩神, 시신)이다. 따지고 볼 것도 없이 이런 시를 창작해 내는 시인은 어김없이 하늘이 내리는 존재다. 인간 정신의 모든 사상(事象)을 고찰의 대상으로 삼아 서구 문화에다 최상의 표현을 부여했던 시인 폴 발레리처럼, 엄밀한 사유와 견고한 구성을 바탕으로 음악적이며 건축적 해조(諧調)를 이룬다고 보련다.

오늘 내 마음의 일기예보는
흐린 뒤 추적추적한 비
뭉게구름 비구름 소낙비 구름 관현악단 이루며
서툰 악기줄 앞뒤에서 툭툭 건드리네

구름에 대한 명상곡 한 줄 뽑고
바람에 대한 이미지가 퍼뜩 떠올라 숨 죽이며
하늘 리듬 타니 걸작품 그림 되고
이슬 눈 얼음에 대한 일기 주르륵 써나가니
낙엽 한 장 떨어지는 것
얼음 속 빙어 살아 퍼득이는 것
새들 날갯짓하며 비행기 따라붙는 힘도
당신 간섭 없인 한 발짝도 못 가는 자연의 법칙
어느덧 회색빛에서 맑음 헹궈낸 기지개 켜는 빈 하늘이네

– 〈일기예보〉 전문

"구름에 대한 명상곡 한 줄 뽑고/ 바람에 대한 이미지가 퍼뜩 떠올라 숨 죽이며/ 하늘 리듬 타니 걸작품 그림 되고/ 이슬 눈 얼음에 대한 일기 주르륵 써나가니/ 낙엽 한 장 떨어지는 것/ 얼음 속 빙어 살아 퍼득이는 것"처럼 지금까지 남이 다루지 않은 새로운 창작으로서의 현대시는 공인(公人)으로서 시인이 가장 새롭고 개성적인 날카로운 시각을 가졌기에 그의 예지는 만인에게 공감되는 명시가 된다. 가장 개성적인 시는 시문학적인 새로운 가치며 이상을 자신의 내부로 받아들여서, 객관적으로 창작 발상하는 '초자아' (超自我)의 시세계이다. 시는 최대한의 새로운 공감의 언어의 소산이기 때문이다.

시를 창작하는 일은 곧 시어에다 생명력을 불어 넣어 주는 작업이다. 특히 시인은 '운률어' (韻律語)를 통한 정신작업의 엔지니어라는 것을 스스로 파악하면서 낱말 하나하나를 가지고 박지현처럼 옥을 갈고 다이아몬드를 깎는 것과 같은 고통 속에서 새로운 이미지 구상화에 심혈을 경주하여 리드미컬한 시어를 탁마할 일이다. T. E. 흄은 "이미지는 시의 생명으로서 바탕을 이루어야 한다"고 했다. 그러한

그의 강력한 이미지즘의 메시지로서 성공하고 있는 것이 박지현이라면 평자의 과찬일까. 이 사람은 한 시인의 시작업이 한국 시문학사에 있어서 얼마나 값지고 소중한 역할인지 깊은 애정을 가지고 모든 시를 열심히 읽고 있다.

> 콩밭에 서리태콩 심어 보고 배추밭에 배추씨 뿌려 보았지
> 기계로 벼농사 밭농사 이모작도 해 보았어
> 탈곡하는 뒷태 그을린 손때
> 밭두렁 논두렁 작은 생물 신음 소리에도 귀기울이던 하늘
> 한국 넘어 미국 땅 러시아 땅 남아프리카 땅에도
> 민들레씨 날아가 심기고 나고 거두는 어김없는 순리
> 그 날 청천면 후평리 잣나무 뿌리 한 그루 뽑혀 나갔지
> 외쳐댄 하늘가 가없는 기다림
> 먹구름 속 무지개 빛깔 하나 걸러내더니
> 나 찾아 떠난 머나먼 여행길
> 그랜드캐년 다닌 낙타도 수개월 쉬며 가며 이르른 땅
> 이제는 돌아갈 수 없는 갯벌
> 소금기 걷힌 오후 느닷없이 날아든 유감 없는 메시지

— 〈무지개〉 전문

첨단 과학시대의 시의 소재와 제재(題材)는 다양하기 마련이다. 그러기에 〈무지개〉처럼 새로운 현대시의 다채로운 창작물이 등장하는 것은 매우 기쁘다. 시인은 여러 가지 형태의 새로운 시창작법을 시도하기 마련이다. 따라서 이 시집에서 〈무지개〉는 한국 현대시단의 더욱 뛰어난 순수 서정의 시세계 형성 속에 한국 시단을 끝내 압도할 것을 확신한다. "먹구름 속 무지개 빛깔 하나 걸러내더니/ 나 찾아

떠난 머나먼 여행길/ 그랜드캐년 다닌 낙타도 수개월 쉬며 가며 이르른 땅/ 이제는 돌아갈 수 없는 갯벌/ 소금기 걷힌 오후 느닷없이 날아든 유감 없는 메시지"는 초자아(超自我)의 연결고리를 잇는 인간 사회의 눈에 보이지 않는 연분을 시 이미지로써 변용(變容)시키는 테크닉이야말로 이 시대가 요청하는 시 표현 테크닉의 빛나는 승화다.

누구나 다 이런 시를 쓸 수 있을 것 같지만 현실은 전혀 다르다. 천품을 타고난 시인에게만 가능한 시세계의 형상화 솜씨라는 것을 나는 여기서 강조해 둔다. 시인 박지현은 "밭두렁 논두렁 작은 생물 신음 소리에도 귀기울이던 하늘/ 한국 넘어 미국 땅 러시아 땅 남아프리카 땅에도/ 민들레씨 날아가 심기고 나고 거두는 어김없는 순리/ 그 날 청천면 후평리 잣나무 뿌리 한 그루 뽑혀 나갔지"에서처럼 서경 묘사에서도 이와 같은 삶의 아픔의 텐션(tension) 즉, 긴장미는 시의 맛을 북돋우며 더구나 그것이 긍정적 처리로써 깔끔하게 마무리됨으로써 독자는 여운을 느낀다.

시가 일반적인 산문과 다르다고 하는 것은 그처럼 시어 구사가 결코 일상적이고 평범해서는 안 된다고 하는 룰, 다시 말해 제약을 띠고 있다는 특출한 점이다. 그것은 곧 '살아 있는 시'의 표현 양식이다. 다음 제5시집이 벌써부터 기다려진다.

박지현 제4시집

소금밭에서

•

지은이 / 박지현
발행인 / 김재엽
발행처 / 한누리미디어
디자인 / 지선숙

•

121-840, 서울시 마포구 잔다리로 35 서원빌딩 2층
전화 / (02)379-4514, 379-4519
Fax / (02)379-4516
E-mail/hannury2003@hanmail.net

•

신고번호 / 제300-2006-61호
등록일 / 1993. 11. 4

•

초판발행일 / 2013년 4월 5일

•

ⓒ 2013 박지현 Printed in KOREA

•

값 8,000원

•

※잘못된 책은 바꿔드립니다.
※저자와의 협약으로 인지는 생략합니다.

•

ISBN 978-89-7969-449-9 03810